T Ib 51 1810

PREMIÈRE PHILIPPIQUE.

AU ROI.

Imprimerie de DAVID, faubourg Poissonnière, n. 1.

PREMIÈRE PHILIPPIQUE.

AU ROI,

Par N. Parfait,

PRÉCÉDÉE D'UNE NOUVELLE PRÉFACE, ET SUIVIE DU PROCÈS.

*

L'histoire des rois est le martyrologe des peuples.

(L'ABBÉ GRÉGOIRE.)

*

DEUXIÈME ÉDITION.

PARIS,

CHEZ TOUS LES LIBRAIRES.

—

MAI, 1833.

A ses Jurés,

L'auteur reconnaissant.

Tout exemplaire non revêtu de la signature de l'auteur sera réputé contrefait.

NOUVEAU PROLOGUE.

—————

. . . .
Il est temps que, d'une voix forte,
Je vous dis' vot' fait tout haut :
Vous êt's tous des,.... enfin n'importe !
Je n' peux pas trouver le mot.....

(*Ma tante Marguerite.*)

J'ai dit au jury :

Oui, je le déclare, j'ai excité à la haine et au mépris du système de gouvernement qui nous pèse aujourd'hui ! mais suis-je coupable?....

Et le jury a répondu : NON ! !

J'ai dit au jury :

Oui, si la vérité est une offense, je l'avoue, j'ai offensé le roi ! mais suis-je coupable d'avoir dit la vérité ?....

Et le jury a répondu deux fois : NON! !

Est-il possible d'appliquer un soufflet plus sanglant aux hommes du Pouvoir ?

Je ne le crois pas.

C'est dire à ceux qui nous gouvernent , ou plutôt qui croient nous gouverner, c'est leur dire :

Vous marchez en opposition avec le pays, et le pays tout entier vous renie !

C'est leur dire : Vous n'avez pas suivi la route que le peuple vous avait ouverte en juillet ; vous avez eu peur de vous lancer sur cette route parce qu'elle était PAVÉE !!!

Inhabiles conducteurs! vous avez pris un chemin contraire, un chemin défoncé, un chemin où votre char s'embourber jusqu'aux essieux ! Allez ! allez toujours ! laissez vos passifs limoniers dans cette ornière fangeuse et fatale! c'est un abîme sans fond qu'elle vous garde !... Allez! vous ne pouvez échapper à ce gouffre béant ! Eh bien , tant mieux ! c'est ce que nous demandons , c'est ce que nous voulons tous !

C'est leur dire, c'est leur crier, d'une voix imposante et sonore , à ces liberticides, tellement assourdis par les vociférations de leurs plats valets, qu'ils n'entendent plus rien, c'est leur crier : Malheur ! vous nous avez traqués! emprisonnés ! décimés !..... mais, fils de la grande Déesse, nous ressusciterons le *troisième jour*, parce que Dieu nous ménage une SEMAINE SAINTE !.......

Nous ressusciterons, non pour vous assommer! non pour vous décimer ! comme vous avez fait de nous, parce que nous ne sommes point des lâches ! mais pour battre des mains à votre chute, mais pour consoler notre mère chérie, pour embrasser un avenir plein de joie et d'espoir !

Et, s'il se trouvait encore des incrédules, s'il se trouvait alors d'autres *Thomas*, nous leur dirions : Venez à nous ! croyez à nos paroles, *mettez vos doigts dans les plaies qu'ils nous ont faites.....*

Et, vaincus par tant de merveilles, ils croiront en nos paroles, ils croiront en nous et seront les meilleurs apôtres de notre religion politique.

Voilà ce que le jury a voulu leur dire à ces hommes ineptes, à ces hommes abrutis par leur système; et, peut-être, croient-ils que cet arrêt, si terrible pour eux, n'a été rendu qu'en faveur de mon jeune âge, comme ils l'ont déjà dit pour d'autres !

Oh! non, mes TRÈS-HAUTS, ne vous y trompez pas! c'est une bonne et valable protestation que le jury a voulu lancer contre vos actes !

C'est une noble vengeance qu'il a voulu exercer, lui, Peuple, contre votre doctrine qui ne craint pas de froisser le peuple !

C'est, je vous le répète, un soufflet bien stigmatisant.

Et, Dieu merci, je ne suis pas le seul pour lequel on vous ait fait subir cet affront! l'exemple donné par le jury des *Amis du Peuple* a été déjà suivi par bien d'autres jurys, et cette voix, qui vous attère, a de l'écho en France; on la respecte, cette voix, lors même qu'on ne s'y soumet pas, parce que ses arrêts sont inaliénables, imprescriptibles, parce que ses jugemens sont toujours rendus sans haine et sans crainte !

Roi ! c'est l'oracle qui t'avertit ! ! !.....

Ministres ! c'est la sibylle qui vous condamne !...

. . . .

. . . .

PROLOGUE

DE LA PREMIÈRE ÉDITION.

———○———

> Cancres, hères et pauvres diables.
>
> (LAFONTAINE.)

« *Malheureux Peuple ! malheureux Roi!!!...*

« Peuple malheureux par son Roi, et Roi mal-
« heureux par son Peuple !

« Donc incompatibilité.

« Incompatibilité, parce que l'un veut bâtir sur
« le sable et l'autre tailler le roc ; incompatibilité,

« parce que le Roi a ses hommes et que le Peuple
« a les siens ; incompatibilité, enfin , parce que le
« Peuple veut être Peuple et que le Roi veut être
« Roi !

« Qui cèdera ?... Le passé répond.

Si la monarchie a ses Septimius et ses Peyronnet ;
le Peuple a ses Gracques et ses Mirabeau ; cent
mille Mucius sont prêts à tremper leurs mains dans
les brâsiers de Porcenna pour assurer la liberté de
Rome !

« La Grèce fut perdue dès qu'elle livra le manie-
« ment des affaires aux Guizot de ce temps ; ces
« rhéteurs efféminés, vendaient leur patrie.

« Que prétendez-vous donc faire de ces hommes
« Carlistes d'hier , Juste-Milieu d'aujourd'hui, et de-
« main Républicains , si République il y a ?...

« Où nous mèneront-ils ces eunuques politiques ?
« bâtards sans système, qui n'ont point de passé
« sans flétrissure, point d'avenir qu'ils n'aient déjà
« souillé par avance ! ilotes qui vous parlent à cha-
« que instant de liberté, lorsqu'ils sont eux-mêmes
« dans les étreintes de l'esclavage !

On leur désigne leur route comme à des enfans, et, sans examiner qu'elle conduit à l'abîme où ont été se perdre les talens et la réputation de l'homme qui vient de mourir, ils la suivent : ils la suivent plutôt par entêtement bizarre que par désir de l'intérêt public : ce sont de ces êtres qui veulent remonter le fleuve et lutter contre le courant, non pas même par bravoure ; mais, bien plutôt, par fanfaronnade, par caprice, par boutade, en un mot, et c'est le plus vrai, par ineptie.

Laissez-les aller, ne vous avisez pas de leur donner des conseils, ils vous rient au nez ! ne leur montrez pas le danger auquel ils s'exposent, ils vous crachent au visage ! si vous poursuivez malgré leurs insultes, à bas le bonnet rouge, crieront-ils ! à bas 93 ! à bas le sans-culotte ! c'est un Marat ! heureux encore si vous en êtes quittes pour ces injurieuses calomnies !

C'est là leur raisonnement : et peu d'hommes sensés le comprennent ; aussi se plaignent-ils qu'on ne pénètre pas leurs intentions.

« Oh ! leurs intentions, de grâce ne les pénétrez

« pas.; les faits parlent assez haut : vous découvri-
« riez peut-être trop de noirceurs ; ne leur cher-
« chez pas d'autres crimes. Quand ils en auront
« comblé la mesure, alors ils sentiront la vérité de
« ces paroles :

« *Malheureux Peuple ! malheureux Roi !!!...* »

AU ROI.

. . . . . Pour changer cette route indécise,
Ne provoquent-ils pas une suprème crise?
Un de ces coups d'État, commandés par les droits,
Dont le peuple tardif épouvante les rois?....
Oui, quand vingt mois entiers on implore, on adjure,
Malgré les pleurs, les cris, quand un pouvoir parjure
S'enfonce obstinément dans le fangeux sentier,
Il provoque sa chute ; et le pays entier,
Pour le précipiter, doit se lever en masse ! ! !...

(Réplique à Barthélemy.)

Eh bien ! ils tomberont, ces amans de la nuit !...
La force comprimée est celle qui détruit !
C'est quand il est captif, dans un nuage sombre,
    Que le tonnerre éclate et luit,
Et la chute est facile à qui marche dans l'ombre !....

(C. DELAVIGNE.)

AU ROI.

Roi né du grand Juillet et de la Liberté !
Roi qu'après tant de rois le sort nous a jeté,
C'est à toi qu'on aveugle, à toi que je m'adresse !
Que mon vers, sous tes yeux, comme un flambeau se dresse,
Qu'allumé devant toi son feu rapide et clair,
A travers ton bandeau, luise comme un éclair !
Puisse ma faible voix, que le danger réveille,
Écho de la patrie, aller à ton oreille !
J'ose, simple poète, à toi, Dieu du pouvoir,
Sur le bord de l'abîme, imposer un devoir;
Interprète fervent des douleurs de la France,

2

J'ose entonner, pour elle, un hymne de souffrance ;
Heureux, s'il m'est donné de pouvoir prévenir
Le deuil qu'un doigt fatal marque dans l'avenir !
Roi! j'atteindrai ce but, quelques maux qu'il m'encoûte,
Condamne mes leçons, *frappe-moi ; mais écoute !*...
Tout mon sang ! pour payer mon vers audacieux !
Tout mon sang! mais qu'au moins ce vers t'ouvre les yeux.

Quoi ! n'est-ce point assez de deux ans de tempêtes ?
Faut-il que l'ouragan gronde encor sur nos têtes ?...
Déplorables jouets d'un destin orageux,
Serons-nous froissés tous en ses horribles jeux ?
Hélas! et nos Trois Jours devraient-ils faire éclore
Ces dates de malheur que la France déplore ?...
Oh! prince, quand Paris sonnait le glas des rois,
Quand tu vins parmi nous au dernier jour des trois,
Notre horison, pourtant, se dorait d'espérance !
Quelle main frauduleuse a donc souillé la France?
La France alors si pure avec ses trois couleurs,
La France qui riait en essuyant ses pleurs !
Palpitante de gloire et rêvant un autre âge,
Elle se relevait, plus belle, après l'outrage !

Pour retremper le monde au feu de son canon,

Il lui manquait un chef... On murmura ton nom...

Le peuple le croyait glorieux, car l'histoire

L'associait deux fois au nom d'une victoire :

« Que te dirai-je encor?... Pleins de ce souvenir,

« Il nous semblait qu'en toi reposait l'avenir...

« N'avons-nous donc rêvé qu'une folle chimère ?

« Était-ce, à l'horison, un mirage éphémère?

« Oh! s'il en est ainsi, point de pleurs, point de deuil,

« La vengeance bientôt sortira du cercueil !!!

« Quand, prompte à renouer tous les fils de la trame,

« Ta main dispensatrice, au fabuleux programme,

« Nous eut prédit la gloire avec la liberté,

« Prince, *quoique Bourbon*, nous t'avons accepté ;

« Roi, quels chagrins, depuis, ont rongé la patrie !

« Que de fois, par la honte, a-t-elle été flétrie

« Cette vierge qu'on vit si fière après Juillet !...

« Oh! si l'on t'a voilé ce douloureux feuillet,

« Frémis! » mais ne crois pas que, poussé par la haine,

Je veuille t'immoler au parti qui m'enchaîne ;

Non, je ne verse point de fiel en cet écrit ;

Un rayon trop limpide éclaire mon esprit,

Loin de te condamner, prince, je me récuse :
Ce sont tes conssillers, ce sont eux que j'accuse,
Eux qui t'ont fait coupable!... «Écoute, écoute bien !
« Cette page d'histoire est leur crime et le tien ! »
La lave du volcan , qui brûle encore la terre,
A peine tiédissait au foyer du cratère,
Que déjà des Trois Jours méconnaissant les fruits,
Le pouvoir, contempteur de nos rêves détruits ;
Semblait s'épanouir à désoler nos veilles ;
Nos tribuns, oublieux des récentes merveilles,
Trahissaient leur mandat, et, d'un bras amolli,
Cherchaient à rebâtir le trône démoli :
Législateurs bâtards de la nouvelle Sparte,
Ils ont borné leur gloire à replâtrer sa charte,
Sans pouvoir enfanter, après deux ans d'efforts,
Rien que des lois de peur, des avortons nés morts.
Mais que nous aurait fait leur crainte chicanière,
Que nous eût importé de les voir dans l'ornière,
Si, de notre dix août , l'immaculé soleil ,
Aux peuples assoupis annonçant leur réveil ,
Eût lui pour éclairer le jour des représailles,
Si notre coq gaulois , Méduse des batailles,

S'offrant, comme la foudre, aux yeux des rois tremblans
Les eût pétrifiés sur leurs trônes croulans!...

Quand les Collot-d'Herbois, tout fiévreux de rancune
Epouvantaient Paris et souillaient la tribune,
Quand la France, plongée en une sainte horreur,
Abreuvait ces bourreaux au sang de la terreur,
De nos guerriers, du moins, l'honneur expiatoire,
Lavait les jours de deuil par des jours de victoire,
Et le peuple géant, oubliant son affront,
Marchait les pieds fangeux, mais l'auréole au front!..

« Et nous, qu'avons-nous fait pour cacher notre honte,
« O roi! des jours maudits qui nous a tenu compte?
« Quel Roland, quel Danton, jaloux de nous venger,
« Quel ministre, à ses pieds, fit tomber l'étranger?..
« Tous les *hauts* souverains, despotiques pygmées,
« Ont-ils été broyés sous nos *quatorze* armées?
« Non, Juillet n'a trouvé, pour payer le mépris,
« Qu'un infamant milieu, qu'une paix à tout prix! »

En vain, de ses enfans hâtant la délivrance,

La fougueuse Belgique, au beau ciel de la France,
Cherchait un astre frère... hélas! sur l'horison,
D'un feu mourant, déjà flottait l'exhalaison!
Indolens spectateurs du meurtre des victimes,
Il nous fallut, honteux, voir leurs efforts sublimes;
Puis, quand fut abattu le tyran hollandais,
Qui mit-on sur leur trône?... Un mannequin anglais!
Tout se levait pourtant : et l'Espagne avilie,
Et la noble Pologne, et la vieille Italie.
Eh bien! le despotisme, à son étroit compas,
Des peuples soulevés a rétréci les pas :
Tous ont courbé leur front sous les fourches caudines!
Tous..oh! non, non; l'un d'eux, debout sur ses ruines,
N'a point livré sa tête au joug d'un oppresseur!
Non, tu n'es pas flétrie, ô magnanime sœur!
Oh! toi que nous aimons, Pologne sans rivale!
Le Baskir t'a foulée aux pieds de sa cavale,
Le colosse du Nord, dans ses bras étouffans,
Dix mois a torturé tes généreux enfans;
Dix mois il a baigné tes champs dans le carnage ;
Maïs, sur la mer de sang, le débris qui surnage,
Pour émousser le dard d'un poignant souvenir,

Rêve des jours meilleurs et croit à l'avenir !

Il croit à l'avenir ! car son aigle proscrite

Est remontée aux cieux que l'espérance habite ;

Car, pour venger ses fils, après le triste adieu,

Elle a remis son foudre entre les mains de Dieu !...

« Oh ! si j'ouvrais ici nos pages d'agonies,

« Si, trainant le pouvoir aux saintes gémonies,

« J'exhumais, jour par jour, son règne flétrissant ;

« O roi ! tu frémirais... ta couronne a du sang !... »

Mais non, je ne veux point réveiller dans la tombe,

Les généreux martyrs de la grande hécatombe ;

Laissons, laissons en paix leurs mânes outragés,

Un tribunal sans haine au ciel les a jugés !

« Ce que veut buriner ma plume prophétique,

« Le voici : pèse bien l'oracle poétique :

« Philippe-d'Orléans ! le gouffre est sous tes pas,

« Jette un regard dans l'ombre avant d'être plus bas...

« Vois l'abîme ! il est temps... la France qui se lasse,

« De ton règne à ta chûte a mesuré l'espace !

« Vouloir prendre un milieu serait soins superflus ;

« *Il ne reste qu'un choix d'être ou de n'être plus !...* »

Chasse ces courtisans qui, tombés dans l'ornière,

Au politique char s'attèlent par derrière,
Et qui veulent, ployant sous un poids surhumain,
Comme d'autres Atlas, poursuivre leur chemin !
Quoi ! pour fermer de Juin la plaie encor saignante,
Pour effacer les jours de mémoire poignante,
Qu'a semés la discorde au livre de nos deuils,
Pour rendre à l'ennemi de foudroyans accueils,
Et planter l'étendard, sur qui l'orage gronde
Comme un phare de gloire, aux deux pôles du monde,
Pour rajeunir enfin notre vieil univers
En proclamant les droits de cent peuples divers,
« Roi ! tu nous a donné des hommes au cœur lâche,
« Ministres nonchalans qu'épouvante leur tâche,
« Tribuns qui, parvenus au faîte du pouvoir,
« Ferment obstinément les yeux pour ne plus voir !...
« Aussi le peuple entier, qu'un seul désir anime,
« Proteste-t-il contr'eux d'une voix unanime ! »
Eh! quand d'un même accord tous nous les condamnos,
Dois-je, en un vers sanglant, stigmatiser leurs noms?..
L'anathême est comblé, quand la face ennemie
Porte gravé ce mot, ce mot seul : *Infamie !!!*...

Mais, toi qui fus instruit aux leçons du passé,
D'Orléans! dans le poste où le sort t'a placé,
Songe, songe aux malheurs de ta famille entière,
Proscrite, et mendiant, de frontière en frontière,
Un sceptre que le sang a tant de fois souillé !
« Souviens-toi bien surtout, quand il a ses Bouillé,
« Quel trône, quelle pourpre et quelle sépulture
« Réservent *ses sujets* au monarque parjure !
« Et sache qu'au forum, où tinte le beffroi,
« Le peuple sait trancher l'éternité d'un roi!...

. . . .

. . . .

. . . .

Prendsgardeàtoi!prendsgarde!elleaussiveutsontrône
La fille des faubourgs, la terrible patronne !
C'est en voulant heurter ce vivace géant
Que le Bourbon déchu rencontra le néant !
L'insensé! qui croyait son règne impérissable !
Qui prit pour du granit ce qui n'était que sable !
Aveugle, il s'écriait : *Je trône sur le roc ;*
Saint-Cloud ne viendra pas se briser à Saint-Roch!...

Imbécille vieillard! un rayon tricolore
Le frappa de vertige à sa troisième aurore
Il s'était fait roi sourd, mais le remords fut prompt,
Et, seul, il s'en alla, comme les rois s'en vont...
Oh! prends garde, Philippe! il dut à ses ministres
Et ses nuits d'insomnie et ses rêves sinistres :
« Tes conseillers, à toi, prince, je les maudis,
« Ils rêvent le huit août d'un nouveau Charles dix...
J'ai dit : le feu sacré, qui bouillait dans mon âme,
A dévoré mon vers de sa brûlante flamme ;
Peut-être le torrent l'a-t-il trop inondé,
Et, sans doute, mon œil par la crainte guidé
A prévu trop de maux à l'horison de brume ;
Mais, lorsqu'autour de nous, le cratère qui fume,
Ainsi qu'un voile épais, étend la cécité,
Quand un morne brouillard flotte sur la cité,
La cité des plaisirs, que ronge la tempête,
Quand le gai citadin quitte l'habit de fête
Et qu'on entend gronder, comme un bruit souterrain,
La voix, la grande voix d'un volcan souverain,
Le citoyen hardi, qu'émeut un saint courage,
Doit-il brûler l'encens pour conjurer l'orage ?

Doit-il, le cœur gonflé, les yeux mouillés de pleurs,
Sur les pas de son roi semer toujours des fleurs ?...
« Non, non, plus de retard; c'est l'instant de tout dire,
« C'est l'instant d'accuser, c'est l'instant de maudire!
« Qu'importe alors s'il froisse, en s'armant de la loi,
« La tête d'un ministre ou la tête d'un roi, »
Il sait qu'avec orgueil la France le regarde,
Quandils'adresseauprinceetqu'illuidit:*Prendsgarde*,
Il sait qu'à la patrie en payant ce tribut,
La liberté le guide et l'honneur est son but!
Qu'il frappe donc un homme ou flétrisse un système,
Il reste dans son droit, dans son droit d'anathème,
Et, dût-il, en sa lutte, atteindre l'amitié,
Si le devoir l'ordonne, il le fait sans pitié!

C'est peu que sur un corps, rongé par la gangrène,
En effleurant la peau, le scalpel se promène :
Il incise, et, partout où s'étend le cancer,
Pour extirper le mal, il doit couper la chair!
Or, si tu n'entres, roi, dans un chemin plus sage,
Voici l'arrêt dernier que ma voix te présage;
Ouïs la vérité; n'entrave point mes pas :

Je te l'ai dit, j'accuse et ne condamne pas :

Le peuple est patient : sa vengeance est tardive,
Et son bras, pour punir, attend la récidive,
Ses émeutes, en vain, tombent douze fois l'an,
Rien ne peut comprimer son energique élan,
Et, quand l'heure est sonnée, il rend avec usure,
Il centuple les maux qu'un siècle lui mesure !
« Un jour, beau de colère et de rebellion,
« Bondira, dans Paris, ce sublime lion,
« Le peuple ! il reviendra, tout pantelant de haine,
« Ressusciter Juillet sur la sanglante arène !
« Oui, nous le reverrons venir les yeux ardens,
« La foudre dans la main et le salpêtre aux dents ;
« Nous entendrons mugir son imposant organe,
« De ses rangs décuplés jailliront d'autres Jeanne,
« D'autres hommes d'airain, d'autres cœurs généreux,
« Qui seront nos vengeurs, mais vengeurs plus heureux.
« Arrière, alors ; arrière ! hommes de calomnie !
« Il réglera son fiel à votre ignominie !
« Déchirés de sa main, vos masques tomberont
« Et son doigt incisif marquera votre front... »

Son rêve cette fois ne sera plus un rêve :
Enfanté dans le sang, circoncis par le glaive,
Le fruit de son travail, tant de fois avorté,
Sera par son parrain baptisé : LIBERTÉ !

ÉPILOGUE

DE LA PREMIÈRE ÉDITION.

« Pour flétrir dignement le ministère du 11 octo-
« bre, et pour ouvrir les yeux du roi qu'on aveugle
« (j'aime encore à le croire) avec une si arrogante
« impunité, » je m'étais d'abord arrêté à l'idée d'un
poëme, où les héros ne m'auraient pas manqué ;
j'aurais habillé mes personnages de leurs turpitudes;
mais cet ouvrage, de trop longue haleine, m'effraya
et, sans pourtant y renoncer, je laissai mon projet
inachevé, pour entreprendre la *Philippique* que je

livre aujourd'hui au public; je compte la faire suivre
de beaucoup d'autres, s'il plaît à Dieu et à MM. du
parquet.

Dans ces temps de malheur et de désolation, quand
tout se corrompt, quand des écrivains, qui nous
faisaient espérer une lutte courageuse entre leur
muse et le pouvoir, se vendent lâchement au poids
de l'or, abandonnent, en Judas, la cause sacrée de
la patrie, c'est un devoir pour les poétes qui en ont
le courage, de prendre les places vides, que ces
grands déserteurs ont laissées dans les rangs litté-
raires; c'est un devoir sacré, que l'honneur leur
impose, de se réunir, comme un faisceau, pour
faire oublier la défection des traîtres.

Pour moi, je prends ici l'engagement formel de
me réunir à mes amis politiques, et de lutter con-
stamment avec eux contre toute oppression.

Je leur apporte, il est vrai, un jeune et bien faible
talent; mais leur expérience me secondera; moi
chétif écrivain qui touche à peine à mes dix-neuf
ans.

Les coups que je porterai, s'ils manquent de

génie, n'en seront pas moins accablans, car ils partiront d'une main ferme et qu'un contact impur n'a jamais souillée et ne souillera jamais.

D'ailleurs si, pour combattre, il ne faut qu'une cuirasse de liberté, je serai fort.

Qu'on encourage ma jeune audace et je sens là que je grandirai vite.

PROCÈS

DE LA

PREMIÈRE PHILIPPIQUE,

AU ROI.

(EXTRAIT DES JOURNAUX.)

NOMS DES JURÉS :

Messieurs

Destouches (Louis-Nicolas-Marie), architecte, rue de Tournon, 20.

Poissonnier (Louis-Xavier), bijoutier, boulevart Saint-Denis, 11.

Ségalas (Pierre-Salomon), médecin, rue de Vendôme, 5 et 7.

Vaillant (Pierre-Jean-Baptiste), avoué, rue Christine, 9.

Héraut (Marc-Simon), bijoutier, quai de Gèvres, 8.

Crévat (Jean-Pierre), propriétaire, rue de Fleurus, 19.

Lurat (Louis-J.-B.), professeur au collége Charlemagne, rue Saint-Victor, 49.

Guillon (Alexandre-Clément), raffineur de sucre, quai de la Rapée, 21.

Gilbert (Auguste-Louis), ancien notaire, rue Cadet, 13.

Devaine (Jean-Baptiste), propriétaire, rue St-Jacques, 258.

Delaunoy (François), architecte, rue de Ménars, 8.

Depierre (Casimir), propriétaire, rue des Francs-Bourgeois, 22.

COUR D'ASSISES DE LA SEINE.

Séance du 10 mai 1833.

PRÉSIDENCE DE M. GRANDET.

Après *deux affaires de vol,* celle de la *Première Philip-pique* est appelée.

Noël Parfait, auteur de l'ouvrage incriminé, et Alphonse Levavasseur, libraire-éditeur de cette brochure, sont assis à la barre, à côté de leurs avocats.

Un grand nombre de leurs amis se presse dans l'audi-toire, mais, quoique la salle soit loin d'être pleine, on en refuse l'entrée à une foule de curieux, jaloux d'entendre le jeune auteur présenter lui-même sa défense.

M. l'avocat du roi Bernard occupe le fauteuil du ministère public.

Le greffier donne lecture de l'*arrêt de renvoi* ; il en résulte les faits suivans :

Noël Parfait est accusé d'avoir, en novembre 1832, composé, distribué et mis en vente un ouvrage ayant pour but d'exciter à la haine du gouvernement et au mépris de la personne du roi. Levavasseur est prévenu de s'être rendu complice desdits délits, en vendant ou distribuant ledit écrit. L'imprimeur David, pour cause de santé, est écarté de la cause.

M. le président procède à l'interrogatoire de l'auteur de la *Philippique* :

Votre nom ? — Noël Parfait. — Votre âge ? — Dix-neuf ans. — Votre profession ? — Pampletaire. — Où êtes-vous né ? — A Chartres, département d'Eure-et-Loir. — Où demeurez-vous ? — A Paris, faubourg du Temple, 137. — Vous déclarez-vous l'auteur d'une brochure intitulée : *Première Philippique, au Roi* ? — Oui, monsieur. — Est-ce vous qui l'avez fait imprimer ? — Oui, monsieur. — N'en avez-vous pas déposé un certain nombre d'exemplaires chez Levavasseur, libraire, au Palais-Royal ? — J'en ai déposé chez tous les libraires du Palais-Royal, et chez beaucoup d'autres encore : je suis étonné qu'on ait mis M. Levavasseur en cause avec moi, à moins cependant qu'on ne l'ait choisi par le sort. — Vous êtes accusé, par votre ouvrage, d'excitation à la haine et au mépris du gouvernement : qu'avez-vous à répondre sur cette accusation ? — Si j'ai excité à la haine et au mépris du gouvernement, c'est qu'il suit une route vicieuse, et qu'on doit haïr et mépriser le vice. — Vous êtes, en outre, accusé d'offense envers la personne du roi, qu'avez-vous à dire ? — Si la vérité est une offense, oui, je déclare avoir offensé le roi! Du reste, je m'en réfère à ma défense pour développer mes réponses.

On passe à l'interrogatoire de Levavasseur, qui dit ne point être le censeur des ouvrages que l'on dépose chez lui.

M. l'avocat du roi Bernard soutient l'accusation.

M. le président : La parole est aux défenseurs des prévenus.

Mᵉ Briquet : M. le président, mon ami Parfait désirerait présenter lui-même quelques observations.

M. le président : Parfait, vous avez la parole.

Le prévenu se lève, et, d'une voix forte et accentuée, s'exprime en ces termes :

MESSIEURS LES JURÉS,

Je ne vous le dissimulerai pas, une bien flatteuse illusion est venue me sourire, en pénétrant, pour la première fois comme accusé, dans cette enceinte.

Il m'a semblé que ces bancs, où sont venus s'asseoir, avant moi, tant d'illustrations politiques, se changeaient en un miroir magique, pour réfléter tout ce qu'ont laissé d'imposant, de grandiose, les souvenirs de ces écrivains

célèbres, harcelés tant de fois par la chicanière suscepti-
bilité de nos hommes d'État.

Je suis ici sous le prestige de cet enchantement; je crois
rêver, messieurs, en me voyant traduit devant vous, et je
cherche vainement d'où peut me venir un honneur aussi
distingué.

Je ne puis l'attribuer à quelques périodes de vers plus
ou moins mauvaises, jetées au hasard sur le papier dans
un accès de fièvre politique, et, pourtant, je suis obligé de
me renfermer, malgré moi, dans ce cercle, de saisir l'accusation telle qu'on me l'a jetée, pour la briser, s'il est
possible.

C'est Juillet, messieurs, qui m'a fait ce que je suis; Juillet, c'est ma foi, mon espérance, ma religion. Désespéré
de voir les illusions qu'il m'a laissées s'envoler une à une,
de voir les mécomptes et les désertions se multiplier autour de moi, je voulus, trop tôt peut-être, escalader l'a-
rène littéraire; je voulus combattre le vice corps à corps,
et je publiai ma *Première Philippique, au Roi.*

Au Roi!!!

> Insensé! j'avais cru pouvoir, au pied du trône,
> Porter le cri de deuil de la sainte patronne,
> Et, sans grossir encor le réservoir de fiel,
> Interpréter au Roi les oracles du ciel....
> Simple enfant! j'ignorais que la vérité nue,
> La vérité sans voile, aux cours est inconnue,
> Et que, lorsqu'elle y vient sans fard et sans joyaux,
> Sa voix n'a point d'écho dans les palais royaux!
> Oh! comme il est passé mon rêve de jeune homme!

Malheur! malheur sur moi! j'ai voulu sauver Rome :
J'ai voulu, trop instruit par un grand souvenir,
En face du passé, maudire l'avenir....
Malheur! car j'ai, dit-on, réveillant l'anarchie,
A son Vingt-un Janvier voué la monarchie,
Et, le front ceint encor du lin de puberté,
Soulevé la révolte aux cris de : LIBERTÉ!....

On m'a accusé, messieurs, d'avoir excité, par mon pamphlet, à la haine et au mépris du gouvernement; d'avoir offensé le roi, et, enfin, d'avoir provoqué à la révolte, sans que cette provocation, bien entendu, ait été suivie d'effet; Toutefois on a écarté cette dernière accusation, pensant peut-être que les deux autres suffiraient pour attirer sur ma tête une condamnation,... merci!....

Les deux accusations qui restent, je les accepte peut-être....

Oui, d'abord je l'avoue, j'ai excité à la haine et au mépris du gouvernement, parce que je crois que l'avenir nous en garde un meilleur; et il n'est pas un de vous, messieurs, qui ose en douter, j'en suis sûr. Le malaise social qui nous tourmente ne peut être que le douloureux enfantement d'une ère qui surgira plus belle et plus glorieuse!

Entre le peuple et le roi, ai-je dit, incompatibilité! Oui, messieurs, il y a incompatibilité, parce que la monarchie, tant citoyenne qu'on la veuille bien dire, ne peut sympathiser avec la souveraineté populaire; parce que monarchie est un mot qui passe de mode ; parce qu'il a fait son temps, qu'il est usé; usé par la main du peuple, par un frottement de plus de quinze siècles ?

Le peuple ne veut ni quasi liberté, ni quasi despotisme; il lui faut un gouvernement large, libre, juste pour tous, et voilà pourquoi, nous autres au cœur candide et croyant, aux idées franches et loyales, voilà pourquoi nous voulons la république!

Non point une république de sang, non point le règne de la terreur, on le sait bien : et ceux qui nous accusent le savent mieux encore, mais ils savent aussi que cette république passera les hommes à son crible d'airain! Voilà ce qui les épouvante, et nous, ce qui fait notre force!

Avant cinquante ans, a dit un homme dont les oracles se sont souvent accomplis, avant cinquante ans, l'Europe sera toute républicaine ou cosaque! Elle sera toute républicaine, messieurs, car loin d'aller en arrière, nous avançons toujours!... Elle sera toute républicaine, car les rois s'en vont!...

Eh bien! quand nous avons tous l'espoir d'un temps meilleur, quand tous nos vœux s'élancent vers l'avenir, il ne nous serait pas permis de mépriser un régime rétrograde! nous ne pourrions pas haïr le présent! le présent qui tue notre espoir! Mais c'est impossible, messieurs, il faut qu'elle se déchaîne cette lave qui nous bout au cœur, il faut qu'elle déborde en pleurs ou en cris!... La comprimer... ce serait vouloir nous étouffer.

Ainsi, je le proclame hautement, j'ai excité à la haine et au mépris du système de gouvernement qui nous pèse aujourd'hui! Les motifs qui m'ont fait agir, messieurs, je vous les ai déclarés en peu de mots, avec franchise; je me borne à ces observations, vous apprécierez ma réserve...

Mais il est une autre accusation qu'on a fait peser sur moi, messieurs, celle d'offense envers la personne du roi. Dois-je l'accepter aussi sans restriction ? Non, messieurs : parce que je n'ai point offensé le roi, parce que je n'ai point cloué son nom à mon pilori. Ce n'est pas que je craigne de dire à un homme, car le roi n'est qu'un homme, après tout, ce n'est pas, dis-je, que je craigne de lui dire : Tu as fait cela, tu as mal fait ! Non, messieurs, mais c'est que pour moi l'individu n'est rien ; c'est le principe seul que j'ai attaqué, que j'attaque et que j'attaquerai toujours !

Je n'ai point offensé le roi, et je le prouve :

J'ai dit : « Malheureux peuple ! malheureux roi ! »

J'ai plaint le peuple, j'ai plaint le roi ; on n'insulte pas celui que l'on plaint ; l'homme à qui l'on dit : malheureux ! n'excite en vous qu'un sentiment de profonde pitié, et la pitié, messieurs, ne constitue pas l'offense ! Ceci est trop clair, passons.

Voici le second feuillet noirci par le ministère public :

> Quand, prompte à renouer tous les fils de la trame,
> Ta main dispensatrice, au fabuleux programme,
> Nous eut prédit la gloire avec la liberté ;
> Prince, quoique Bourbon, nous t'avons accepté ;
> Roi ! quels chagrins, depuis, ont rongé la patrie
> Que de fois, par la honte, a-t-elle été flétrie,
> Cette vierge qu'on vit si fière après Juillet !
> Oh ! si l'on t'a voilé ce douloureux feuillet,
> Frémis ; mais ne crois pas que, poussé par la haine,
> Je veuille t'immoler au parti qui m'enchaîne ;

Non, je ne verse point de fiel en cet écrit ;
Un rayon trop limpide éclaire mon esprit ;
Loin de te condamner, prince, je me récuse ,
Ce sont tes conseillers , ce sont eux que j'accuse ;
Eux qui t'ont fait coupable.. Ecoute, écoute bien !
Cette page d'histoire est leur crime et le tien !

Voilà cette page tout entière, messieurs ; je vous l'ai,
d'un bout à l'autre, lentement déroulée , et je cherche
vainement un mot, un seul mot, qui puisse établir l'offense envers le roi ; je dirai plus : cette page est peut-être
la plus prudente, la moins acerbe de l'ouvrage.....

Il serait puéril de s'y arrêter ; j'arrive à la page terrible
et je cite textuellement :

Oh ! si j'ouvrais ici nos pages d'agonie
Si, traînant le pouvoir aux saintes gémonies ,
J'exhumais jour par jour, son règne flétrissant,
Oh ! roi ! tu frémirais…. ta couronne a du sang.

Ta couronne a du sang ! Oh ! sans doute elle en a..
trois fois aveugle qui ne le voit pas !... les assommeurs du
14 juillet, les assassins du pont d'Arcole, les mitraillades
de Lyon et de Grenoble, les massacres de juin, les meurtres
diplomatiques des Italiens, des Piémontais, des Espagnols,
le fratricide prémédité de la généreuse Pologne, et tant
d'autres grands homicides ne seraient-ils pas là pour
rougir la livrée du roi, si le sang pouvait y paraître !

Oui, messieurs, elle est tout ensanglantée, cette belle
couronne de France ; mais qui l'a ainsi faite de sang ?.....

le système, messieurs, toujours le système!!... aussi dis-je
au roi :

> Ce sont tes conseillers, ce sont eux que j'accuse,
> Eux qui t'ont fait coupable!!...

Je n'ai donc point offensé le roi, parce que, je le répète, le roi n'est qu'une machine, dont les ministres tien-
nent tous les fils et qu'ils font mouvoir à leur gré, rien
qu'à leur gré.

Passons encore, car les incriminations sont fréquentes
et presque tous mes vers sont soulignés d'un trait noir.
J'ai entassé l'offense sur l'offense, parce que j'ai osé dire :

> Ce que veut buriner ma plume prophétique,
> Le voici, pèse bien l'oracle poétique ;
> Philippe d'Orléans! le gouffre est sous tes pas...
> Jette un regard dans l'ombre avant d'être plus bas,
> Vois l'abîme, il est temps!... la France, qui se lasse,
> De ton règne à ta chute a mesuré l'espace ;
> Vouloir prendre un milieu serait soins superflus,
> Il ne reste qu'un choix, d'être ou de n'être plus!!

Eh bien! messieurs, je vous répéterai encore ce que
j'ai dit ailleurs, car, ma défense est tout entière dans
mes écrits.....

« Que dire de celui qu'on veut éloigner d'un abîme et
« qui vous répond par un soufflet? que cet homme est
« aveugle ou stupide, et que le parti le plus sage est de le
« laisser courir à sa perte. C'est bien, mais si la chute de
« cet insensé peut amener la ruine d'un empire, s'il ne
« doit lui-même tomber qu'en glissant sur du sang, faut-

« il donc lâchement se taire et contempler l'avenir avec
« une froide insouciance ?...

« Oh ! non, évidemment non ; rester muet alors serait
« un crime, et parler est un devoir sacré !... »

Voilà pourquoi, messieurs,

....Le feu sacré, qui bouillait dans mon ame,
A dévoré mes vers de sa brûlante flamme ;
Peut-être le torrent l'a-t-il trop inondé,
Et, sans doute, mon œil, par la crainte guidé,
A prévu trop de maux à l'horizon de brume...
Mais, lorsqu'autour de nous, le cratère qui fume,
Ainsi qu'un voile épais étend la cécité,
Quand un morne brouillard flotte sur la cité,
La cité des plaisirs que ronge la tempête,
Quand le gai citadin quitte l'habit de fête,
Et qu'on entend gronder, comme un bruit souterrain,
La voix, la grande voix d'un volcan souverain,
Le citoyen hardi, qu'émeut un saint courage,
Doit-il brûler l'encens pour conjurer l'orage ?...
Doit-il, le cœur gonflé, les yeux mouillés de pleurs,
Sur les pas de son roi semer toujours des fleurs ?
Non, non ! plus de retard, c'est l'instant de tout dire,
C'est l'instant d'accuser, c'est l'instant de maudire !...
Qu'importe alors s'il froisse, en s'armant de la loi,
La tête d'un ministre ou la tête d'un roi ?....
Il sait qu'avec orgueil la France le regarde
Quand il s'adresse au prince et qu'il lui dit : Prends garde,
Il sait qu'à la patrie, en payant ce tribut,
La liberté le guide et l'honneur est son but !....

Mais c'est assez combattre des accusations sans base ;
j'abrége, car j'ai hâte de finir !....

Ne croyez pas, messieurs, que ce système de défense soit une bravade; ne croyez pas, qu'en lutteur désespéré, j'aie coupé les ponts derrière moi, pour m'acculer dans mon audace; non, messieurs, telle n'a point été ma pensée; je ne vous demande qu'une chose, c'est de rendre hommage à ma conviction.

Que m'importe qu'on trouve dans mes paroles de nouveaux délits, si ces paroles me sont dictées par ma conscience, par la plus sincère conviction?....

La conviction! prenez-y garde, messieurs, c'est une chose sacrée!... c'est une digne et noble vertu!.... Il peut errer, il ne peut pas être criminel celui qui va toujours poussé par elle, rien que par elle!....

La conviction! mais on ne l'étouffe pas sous les verroux, on ne la flétrit pas, cette vierge si belle d'illusions, on ne la flétrit pas par une amende. C'est un bien qu'on envie, c'est un bien qu'on doit respecter, et que vous respecterez, messieurs, car vour êtes tous des citoyens, de véritables citoyens!....

Oui, vous direz: Il a excité à la haine et au mépris du gouvernement, il a offensé, non pas la personne du roi, mais bien le système qu'on fait embrasser au roi. Mais, est-il coupable? non; parce qu'il a suivi l'élan de sa conviction....

Oui, vous direz cela, messieurs, parce que vous vous souviendrez de Juillet, du grand Juillet qui m'a fait soldat à dix-sept ans!....

Et votre arrêt ne m'enlèvera pas à ce monde où mon

premier essor fût trop hardi, peut-être !... Il ne m'enlèvera pas à mes amis qui m'entendent; à ces amis qui m'ouvrent déjà leurs bras....

Mais si, trompant mon espoir, il en pouvait être autrement, messieurs, vous m'arracheriez tous mes souvenirs, tous mes beaux rêves, et ce ruban sans tache qui brille à ma boutonnière, honteux de voir qu'il n'aurait servi qu'à enchaîner ce qui me reste de Juillet, ma conviction, je l'arracherais à l'instant.....

Un murmure approbateur succède à ce discours, qui paraît faire une impression profonde sur le jury.

Me Briquet prend ensuite la parole, et, dans une chaleureuse improvisation, continue à soutenir le système de défense de son jeune client.

Après de courtes observations, présentées par Me Trinité, avocat de Levavasseur, les questions sont posées aux jurés, qui se retirent dans la salle de leurs délibérations.

Quelques minutes après, l'audience est reprise; le chef du jury donne lecture de sa déclaration, et dit : Non, LES ACCUSÉS NE SONT PAS COUPABLES ?

Des bravos éclatent aussitôt dans l'auditoire : une dame, soupçonnée d'avoir applaudi, est *empoignée* par un sergent de ville qui l'entraîne, en la bousculant, hors de l'auditoire !...

Quand le calme est rétabli, M. le président déclare les deux prévenus renvoyés de la plainte, et, sur la demande de Me Briquet, ordonne la restitution des exemplaires saisis.

Les amis du jeune Parfait l'embrassent, et lui témoignent leur satisfaction; quelques jurés s'approchent aussi et le félicitent en lui serrant la main.

FIN.